오돌할멈 손자 오돌이

어르신 이야기책 _304 긴글

오돌할멈 손자 오돌이

초판 1쇄 발행일 2018년 3월 9일

지은이 이호철
그린이 낙송재
펴낸이 이원중

펴낸곳 지성사 출판등록일 1993년 12월 9일 등록번호 제10-916호
주소 (03408) 서울시 은평구 진흥로1길 4(역촌동 42-13) 2층
전화 (02) 335-5494 팩스 (02) 335-5496
홈페이지 지성사.한국 | www.jisungsa.co.kr 이메일 jisungsa@hanmail.net

ISBN 978-89-7889-372-5 (04810)
978-89-7889-349-7 (세트)

잘못된 책은 바꾸어 드립니다. 책값은 뒤표지에 있습니다.

이 도서의 국립중앙도서관 출판예정도서목록(CIP)은 서지정보유통지원시스템 홈페이지
(http://seoji.nl.go.kr)와 국가자료공동목록시스템(http://www.nl.go.kr/kolisnet)에서
이용하실 수 있습니다. (CIP제어번호: CIP2018006013)

어르신 이야기책 _304 긴글

오돌할멈 손자 오돌이

이호철 글 · 낙송재 그림

지성사

동해안의 요충지 월비산(月飛山)과 351고지의 치열을 극했던 전투는 서로 빼앗고 빼앗기기를 십여 차례. 남북 피아의 전사자가 물경 수백 명에 이르렀다.

그렇게 두 고지의 전투가 피투성이로 이루어지다가 모처럼 조용하게 잠잠해지던 어느 날 저녁,

소대장 최 소위는 땅굴 막사 안에 완전무장한 휘하 소대원 전원을 모아 놓고 야간전투에 임한 몇 가지 주의사항을 하달하였다.

“야간 이동 중 적의 조명탄이 투하되어 대낮같이 환하게 밝아졌을 때는 즉각 그 자리에 엎드려서 꼼짝달싹하지 말아야 한다. 알겠나?”

“네, 알겠습니다아!”

하고 소대원 전원이 일제히 씩씩하게 응답하는 중에, 맨 앞자리에 앉았던 일등병 하나가 번쩍 한 손을 들며,

"소대장니임."
하고 불렀다.

원체 상대가 상대라, 이 삼엄한 판국에 또 웬 엉뚱한 소리를 하려나 하고 최 소위도 비시시 웃으며 한껏 목소리를 누그러뜨렸다.

"뭔가. 우리 '고문관'님께서 모처럼 또 할 말이 있으신 모양인데."

하자, 여느 소대원들도 하나같이 싱얼싱얼 웃으려고들 들었다. 하지만 그 일등병은 추호나마 기죽는 법 없이 당당하게 아뢰었다.

“제가 며칠 전에 351고지를 공격할 때는 적 소이탄이 터지면서리 환하게 밝아져서 우리 소대원 모두가 납작하게 엎드리는 속에, 나 혼자서만 냅다 뛰어서 앞으로 나갔다 앙입니까.

근데, 저는 부상 하나도 안 당하고 말짱했는데,
김 하사는 그 자리서 즉사하고 김 일병도 크게 부상당했습다.
그렁이 지금 소대장님께서 말씀하시는 거,
그런 거 말짱 헛소립디다요.”

그러자 일거에 한바탕 박장대소가 터지는 속에, 최 소위도 일단은 따라 웃기는 하면서도, 금방 벌레라도 씹은 씁쓸한 얼굴이 되었다.

“그렁이까 그 경우의 자네는 특별히 조상 덕을 보았을 것이야. 그러고 지금 내가 하는 이 이야기는 대강 일반적인 경우의 그런 경우를 두고서 그렇다는 거고, 알겠나?”

순간 자리는 물을 끼얹은 듯이 조용해지는 속에, 그 일등병도 다시 곧장 한마디 지껄였다.

“저는, 그냥 모리겠습니다요. 그렁이까 지금 소대장님 말씀은, ‘대강 일반적인 경우의 그런 경우를 두고서 그렇다’는 것인 모양인데, 웬 그런 놈의 배배 트는 소리가 다 있으시까요잉.”

소대원들 한쪽 구석에서는 다시 박장대소가 터지려고 하는 속에, 숫자는 적지만 몇몇 소대원들은 조금 신묘한 얼굴을 하고, 조금 전에 소대장이 했던 소리를 글자 하나 틀리지 않게 되옮겨놓는 듯한 것을 보면, 그 '고문관' 일등병이 통째로 바보는 아닌 것 같아 소대장의 다음 반응에 잔뜩 귀들을 곤두세우고 있었다.

그러자 소대장도 더 이상 이 '고문관'이 걸고드는 데 무작정 휩쓸려들었다가는 괜스레 자기 꼬락서니만 더 이상해지겠다고 작심한 듯,

"자, 자, 그만. 농담들은 그만들 하고, 주목, 주목."

하고 평소의 소대장답게 위엄을 챙기면서도, 다만
그 일등병에게만은 조금 은밀한 억양 섞어 한마디 했다.

"그건 그렇고, 지금 자네 오줌 마렵지 않나.
오줌 마렵지?"

하자, 그 일등병도 대강 그만한 눈치는 있어,
저러는 소대장에게 나름대로 대놓고 야합을 하듯이
능청 섞어 받았다.

"야하, 우리 소대장님 정말 귀신 같네요잉.
오줌 마려운 거, 나도 잠깐 잊어뿌리고 있었는데,
이런 거꺼정 우찌 알고 저리 챙겨주시까잉."

“그런 거 모르고 우찌 우리 고문관님이 계신 이 소대를 제대로 이끌겠는가. 자, 어서 낼름 나가서 오줌 누고 와.”

“예, 알았습다.”

하고 그 일등병도 별로 오줌이 마렵지 않음에도 마치 일이 매우 급하기라도 한 듯이 무거운 철모 차림에 군복 아랫도리 그 근처까지 한 손으로 움켜쥐면서 곧장 막사 바깥으로 달려 나갔다.

또 별안간 상부에서 어떤 명령이 떨어져 몇 시간 뒤에는 얼마만한 규모의 격전에 휘말려들어 지금 이 자리에 있는 전체 소대원들 중 과연

몇 사람이나 제대로 살아남게 될는지,

그야말로 한치 앞도 가늠할 수 없는

첨예하고 삼엄한 판국임에도,

저 일등병의 저런 모습은 소대장 최 소위를 비롯,

전체 소대원들로 하여금 잔잔하게 즐거운 웃음을

머금게 하였다.

그 사흘 뒤였다.

아침 일찍 대대 휘하 전 장교에게 집합 비상이 걸렸다.

최 소위도 득달같이 대대장이 기거하는 막사 바로

옆의 참모 회의장으로 달려 나갔으나,

벌써 대대 소속 장교 거개가 다 모여 있었다.

최 소위가 막사 문을 열고 조심스럽게 들어서며 일단 대대장 쪽으로 가볍게 예를 표하고는 바로 눈앞, 맨 뒷자리에 살그머니 앉았다.

순간, 지휘봉을 한 손에 든 채 대대장이 빽락 소리를 질렀다.

"간밤에 내 숙소 경비를 담당했던 중대가 어느 중대인가?"

금방 앞쪽에 앉았던 2중대장이 벌떡 일어서면서,

"저희 2중대입니다만……" 하고는 조금 의아한 듯이 대대장을 마주 바라보았다.

혹시 무슨 일이라도 있었습니까, 하고 묻는 얼굴이었다.
하지만 대대장은 그냥 묵살한 채 다시 물었다.

"그럼 밤 12시부터 3시까지 내 방 앞에 보초를 섰던 소대는 어느 소대인가?"

"옛, 저희 소대입니다."

하고 방금 들어선 최 소위가 깜짝 놀라 벌떡 일어서며 대답했다.

"2중대 3소대, 우리 소대였습니다."

"그래?! 그럼 3소대장 자네, 이리 좀 나와보아."

3소대장 최 소위도 급하게 대대장 앞으로 나가 차려 자세로 섰다.

그와 동시에 대대장의 가죽 지휘봉이 날렵하게 최 소위의 철모를 다섯 번이나 내리쳤다.

최 소위는 도시 무슨 영문인지는 모르는 채였지만, 철모에 와 닿는 가죽 지휘봉 소리만 날카로울 뿐 전혀 맞는 기별은 와 닿지 않았다. 그런대로 조금 얼얼하기는 하였다.

비로소 대대장은 조금 풀어지는 얼굴로 비시시 웃음 섞어,

“야 이놈아, 너의 소대 고문관이 또 한 번 나를 웃겼다는 말이다. 이거야 원, 그냥 웃어치워야 할지 나도 아직 잘 모르겠지만, 암튼 한번 들어보라구들.”

하고는 대대 전 장교들을 향해 일단은 비시시 웃기부터 하였다.

“대대장님, 대대장님.”

마악 혼곤하게 잠이 들었던 대대장은 급하게 부르는 소리에 눈을 떴다. 머리맡의 탁상시계는
한밤중 1시 30분을 가리키고 있었다.

"누구냐?"

대대장은 일단 침대 위에 일어나 앉으며 문 쪽을 향해 소리를 질렀다.

"보촙니다."

뭣이? 보초? 보초가 이 밤중에 웬일로? 싶으면서 아무튼 대대장은 침대에서 일어나 나오며 문 밖에다 대고 다시 조용히 물었다.

"왜 그러냐?"

"문 좀 열어주시이소, 대대장님."

대대장 방 앞에 보초 서는 놈치고는 목소리부터가 꽤나 맹랑해서, 대대장도 은근히 조금 쫄려 하며 천천히 군화를 신고 권총까지 차며 바짝 귀를 곤두세워 바깥 동정을 조금 살폈다.
그러나 밖에서는 아무런 기척이 없다.

그렇게 대대장은 바로 문 안쪽에 선 채 혹여나 싶어 다시 한 번 불러보았다.

"어이 보초, 보초 거기 있나?"

“예, 대대장님.”

하고 보초도 여전히 아주아주 천연스러운 목소리였다.

“밖에 별일은 없나?”

“예, 아무 별일은 없습니다.”

아무 별일은 없다면서, 그럼 왜 잘 자는 대대장을
깨우고 이래? 하고 짜증 비슷한 느낌을 짓씹으며
비로소 대대장은 조심조심 살그머니 문을 열어보았다.

보초는 바로 문 앞에 바싹 붙은 것처럼 서 있었다.

그렇게 잠시 대대장과 보초의 네 눈은 빼끔히 마주쳤다.

“보초, 자네가 지금 날 깨웠나?”

“예, 대대장님.”

“무슨 일로?”

그제야 보초는 조금 겸연쩍다는 듯이 히죽이 웃었다.

“담배 한대만 주이소, 대대장님. 온 천지가 이러코롬 괴괴항이깐 도무지 싱숭생숭 못 견디겠구만요잉.

바람은 저리 세차게 불고, 저어기 맞은편의 적들두 저렇게
깊이깊이 잠들만 자는갑소잉.
원 세상에두, 우찌 이렇게도 사람 기척 하나 없이
조요옹할 수가 있을까요잉.
최일선의 아군과 적군의 전쟁하는 데가
원 이렇게도 조용할 수가 있을까요잉.

아니, 말은 바른 대로, 기냥저냥 조요옹하지만은 않고,
이 천지가 온통 저 세찬 바람소리뿐이니까니,
이 온 산천이, 강산이 우는 듯도 싶고,
자꾸만 말을 걸어오는 듯도 싶은데,
당최 그 소리는 알아들을 수가 없승이 어쩝니까요잉.

음력으루 초아흐레쯤은 될라나빈데, 달까지 저렇게 혼자서만 외롭게 덜렁 떠 있응이, 참말루 미치겠구만이라우. 이러니 우찌 담배 한대 생각이 안 나겠습니까유."

도대체 이런 녀석에게는 어떻게 응대해야 하는가. 어느 훈련교본에도 그런 것은 없었다. 대대장도 당장 짜증은 났지만, 녀석 지껄이는 뽄새도, 뭔지는 잘 모르겠지만, 솔솔 겨드랑이로 감겨오는 것은 있는 듯하여 일단은 부드럽게 타이르듯이 말했다.

"이놈아, 경비초소에서 보초를 서면서 담배를 피우면 쓰나, 이따가 교대할 때 한대 줄 테니까 교대하고 나서 내무반에 가서 피우거라."

화랑
國軍用
20

"예, 알았습다."

꼴값한다고 보초는 으스름 달밤 바깥에 차려 자세로 서서 거수경례까지 올려붙였다.

한데, 대대장은 잠시 뒤에 자신이 그만 실수한 것을 스스로 확인하였으나, 그 정도로 얘기를 했으니 보초도 대강 눈치껏 알아서 하겠거니 하고 다시 잠자리에 들었는데, 마악 잠이 들려는 찰나 다시 노크 소리가 들렸을 때는 대대장도 새삼 아차 싶었다.

그러니까 이놈 자식은, 고지식하게도 자신이 아까 약속받았던 대로 기어이 대대장의 담배 한대를 얻어

교대를 마치고 내무반에 가서 피울 요량인 것이다. 그렇다고 이런 녀석에게 다짜고짜 버럭 화를 내며 소리를 질러야 할 것인가. 그랬다가는 자칫 이쪽에서 본전도 못 찾게 무안을 당하게 될지도 모른다.

별수 없이 대대장은 그 보초에게 담배 한 개비를 주면서 이렇게 한마디 묻기까지 했다.

"어때? 바람은 좀 멎었나?"

하자, 이건 금방 불에다 기름 한 바가지를 부은 격이었다. 보초는 와락 신명이 나서 다시 주절주절 지껄이려고 들었다.

"아니오. 어림이나 있나요. 나뭇가지 흔들리는 소리,
낙엽 쓸려가는 소리가 온 산에 꽉 차 있는데다,
그놈의 여우 징징대는 소리며 늑대 우는 소리까지가
사람의 애간장을 아주아주 녹여줍니다요.

총알 맞아 죽은 제 새끼 생각으루 펑펑 울어대는
에미 늑대며, 포탄 터져 죽은 제 어미 생각으루
울어대는 새끼 여우며, 그뿐이겠습니까.
토끼 울음소리, 개미 울음소리 별별 소리가 다아 나는디요.
이러니 우찌 담배 한대 생각이 안 나겠습니까요.

대대장님, 이거야 참말루 환장허겠구만요.

우찌 최일선 전장이라는 곳이 이러코롬 무한정
조요옹하기만 할 수가 있을까요잉.
하지만 이 담배는 막사 들어가서 필랍니다."

"……."

"바람 부는 소리, 나뭇가지 흔들리는 소리,
낙엽 쓸려가는 소리 같은 게 우찌 소리겠습니까요.
여우 징징대는 소리며, 늑대 우는 소리가
우찌 소리겠습니까요.

그런 건 그냥 이 하늘과 땅의 깊숙한 숨소리거나
흐느낌이라요, 흐느낌."

“자네, 고향은 어딘가?”

“강원도 정선입니더.”

“음, 그래서 여우 우는 소리도 알고 늑대 우는 소리도 잘 알겠구먼.”

“고러문요. 겨울에 눈 쌓였을 적에 그런 거 숫해 잡았었지요. 고라니며 노루 새끼 같은 건 여남은살 때부터 숫해 사냥질 했드랬시오.”

“군에 들어오기 전에는 뭘 했나?”

“저요? 숯 굽는 화부 조수 노릇 했습니다.”

대대장도 문득 자다가 말고 한밤중에 최전선의 자기 숙소 앞에 경비보초 서는 녀석 붙잡고 이렇게 수작하고 있는 모습이 슬그머니 면구스러워지고 어이가 없어져서,

“응 그랬군. 그나저나 교대자는 금방 나오겠구먼” 하자,

“저기 벌써 나오고 있구먼요. 전지 불빛을 번쩍번쩍 비치면서리 저기 오고 있습니다.”

“그래?! 그럼 자넨 어서 교대해 들어가 한숨 자게나.”

하고 대대장도 새 교대 근무자에게 자신의 이런 해괴한 꼴을 보일까보아 저어하듯이 조용히 문을 닫고 다시 잠자리에 들었지만, 웬일인가 오늘 밤 따라 밖의 바람소리가 유난히 크게 들리며 뭔지 싱숭생숭해져 쉽게 잠들지 못하고 두어 시간 가까이나 이리 뒤척 저리 뒤척 했던 것이었다.

이 일등병은 낫 놓고 기역 자도 모르는 완전 문맹자였다. 애당초 초등학교 문전에도 가본 일이 없었다.

게다가 사람이 원체 어질어빠져서 이 중대에 배속되어온 초장부터 생겨먹은 것부터가 여느 애들과는 달리 눈에 확 띄게 두드러져 보였다.

심한 들창코에다 매사에 꼴불견이었는데,
그럼에도 그 하는 짓다리는 처음부터 묘하게
사람이 통째로 밉지는 않았다.

이틀거리로 엉뚱한 짓거리를 일삼아 한 소대 동료들을
당혹시키며 웃기기도 했지만, 동료들도 동료들대로 으레
저 녀석은 노상 저러려니 하면서 되려 재미있어했고
녀석에게만은 매사에 품이 넓게 아량으로들 대해주었다.

그렇게 어느새 '고문관'이라는 별칭 하나를 달고
있었음에도, 정작 당자는 그런 따위에는 전혀
오불관언하며 애당초부터 무신경하게 응대하였다.

아니, 신경을 쓰기는커녕 언제 어디서나 매사에 들어
아주 당당하였고 추호나마 기죽은 일이라곤 없었다.

그리고 그런 그의 모습은 한 소대, 더 나아가 한 중대
동료들을 더 웃겨주곤 하며 인기를 끌었다.

어찌 보면 '고문관'이라는 뜻조차 전혀 모르는 것 같았지만,
어떤 경우에는 그 뜻을 번연히 알면서도 그런 식으로
부러 능청을 떠는 것처럼도 보였다.

하지만 최일선에서 일단 전투가 벌어지면 자신에게
맡겨진 임무는 아무리 힘겨운 일이라도 최선을 다하여
거의 어김이 없었다. 그 점도 매우 기이해 보였다.

평소 녀석의 행태로 보아서는 여간 신통방통하지 않았다.

군에 들어오기 전에 그는 강원도 정선 고을의 심심산중에서 숯을 굽는 화부 조수로 일했던 모양이었다.

한데 어느 날은 숯가마 주인 나리가 "긴히 할 말이 있으니 나 좀 보자"며 은밀하게 조용히 부르더니, 여느 때 없이 나직하고도 은근하게 감치는 목소리로

"오돌이 네 이름은 오늘부터 박공규다, 박공규.
그러니 네 그 새 이름을 이제부터 잘 외워두거라.
알겠느냐?" 하더란다.

그때 그는 여느 때와 달리 살살 감겨드는 그 주인 나리
목소리며 얼굴부터가 너무 황공하고 대견하여
꾸벅 절까지 하고는, 박공규라는 그 새 이름을 혼자서 수없이
뇌어보며 뭔지 모르게 으쓱한 느낌까지 들었었다.

그때까지 그는 딱히 이름이라고 할 만한 것조차 없었고,
파파 늙은 할머니와 바둑이와 돼지 두어 마리뿐인
집에서만 살아와서 몇 가호 안 되는 인근 이웃 간에도
항용 오돌이로만 통하고 있었다.

게다가 그는 이날 입때까지 제 나이가 몇 살인지
생일이 정확히 어느 달 어느 날인지조차 알지 못했지만,

할머니가 노상 그놈의 김가 녀석, 김가 녀석 하고
차마 입에 못 담을 욕지거리를 일삼는 것을 보며
아슴아슴 아마 자기도 김씨 성을 가졌나보다 하고
혼자서만 대강 짐작해왔던 것이었다.

그런데 그때 숯가마 주인 나리가 박공규라는 새 이름
하나를 주며, 오늘부터 네 나이는 금년에 스물두 살이며
내년에는 스물세 살이 된다. 그리고 생일은 음력으로
오월 단오날이다 하여 대강대강 그렇게 알게 되었다.

그리고 그 며칠 뒤에 다시 주인 나리께서 또 따로
불러 가로되,

“오돌아, 아니, 이젠 오돌이가 아니라 박공규지.
박공규야, 이제부터 내가 하는 이야길 잘 듣거라.
내일부터 너는 이 나라 대한민국 군인이 된다, 알겠느냐?”

하여 저게 또 무슨 소린가 싶었는데, 바로 그 이튿날에는
인근 파출소 순경 나리와 같이 골짜기 길로만 한나절이나
걸어 어느 대처의 널따란 학교 마당이라는 데를 갔고,

그렇게 그날부터 벌써 자기는 완전히 박공규가 되어서
어슷비슷한 나이 또래 수십 명 수백 명과 함께 트럭이라는
것을 타고, 난생처음 기차와 배까지 번갈아 타며(물론 그때
바다라는 것도 처음 보며) 제주도 훈련소라는 데에 닿아,

열흘 정도 소총 분해하는 법이며 탄알 쟁여넣는 법이며
쏘는 법만 대강 익히고는,
다시 또 신나게 그 넓은 바다라는 걸 배를 타고 되건너와,
부산이라는 대처에 닿았고,
그곳에서 다시 기차와 트럭을 번갈아 타고 동해안의
월비산까지 와서 이 부대에 배치되었던 것이었다.

이렇게 이 일등병은 그 숯가마 주인 나리의 아들 대신
군대에 동원되어 나왔으면서도,
저간의 그러저러한 뒷사연 같은 것은 전혀 일체
아무것도 모르고 있었다.

아니, 저 나름의 깜냥과 눈치로 어느 정도 짐작을 못한
바는 아니로되, 자기대로도 처음으로 넓디넓은 바깥세상
구경하는 재미가 없지는 않았던 것이어서,
'복불복'인 셈으로 쳤던 것이었다.

그러면서 스스로도 일순 깜짝 놀라긴 했었다.
이런 경우의 '복불복'이란 말을 딱히 어느 누구에게
배웠던 것도 아니었는데, 가다오다 더러 얻어들은
이런 말을 혼자서일망정
문득 유려하게 써먹는 자신이 제법 대견하게 여겨졌던
것이었다.

이렇게 그는 최전선의 이 월비산에 배치된 뒤에도 허구한 날 매일 벌어지는 일들도 그로서는 죄다 이상하고 기이하기만 하였다.

같은 말을 쓰고, 같은 얼굴 생김새인 같은 나라에 산다는
사람들끼리 남과 북으로 갈려서
왜 이다지 죽기 아니면 살기로 피아간에 살육전을
벌여야 하는지, 도무지 알다가도 모를 일이었다.

그렇다고 어느 누구에게 딱 부러지게 물어볼 수도 없었다. 혹시 그랬다가는 한바탕 윗사람에게 치도곤을 당하거나, 그렇지 않으면 기껏 '고문관' 소리나 또 듣게 될 것이 뻔하였다.

군적(軍籍)에는 엄연히 박공규로 올라 있었지만 부대 안에서는 공식 점호 때 말고 평상시에는 그냥저냥 이심전심으로 오돌이라는 본 이름으로 통하게 됐던 것부터 조금 웃기는 이야기인데,

이 점도 가만가만히 생각해보면 애당초부터
그의 사람됨의 어떤 핵심을
아주 약여하게 드러내주는 대목이었거니와,

이 부대 성원 누구나가 하나같이 그 점도 이심전심 처음부터 아예 접어두고 들었던 것이었다.
그런 것은 기왕지사 그렇게 됐던 것, 새삼 거론해본들 괜스레 골치나 아프게 되리라는 걸 죄다 알고들 있었던 것이다.

그렇게 본인 당자부터가 숯가마 주인 나리에게서 얻은 그 박공규라는 이름을 어느새 스스로 버리고, 공식 점호 때라거나 그밖에 무슨 공공적인 법과 관련되었을 때나, 육군본부를 비롯해 군단, 사단, 연대, 대대 인사과와 상관되는 그런 무거운 경우 말고는 부대생활 전 국면에서 자연스럽게 본래의 오돌이로 행세했고,

한 부대 성원들 거개도 그의 그런 행태에 자연스럽게 맞춰주고들 있었던 것이다.

아니, 맞추고 자시고도 없었다.
사람살이라는 게 본래 그러하듯이 응당 그렇게 되었던 것이었다.
바로 이런 것을 일컬어 흔히 '법은 멀고 뭐는 가깝다'는 말도 생겨났던 것이 아니었을까.

하지만 소대장 최 소위는 최 소위대로 이 박공규 일등병을 두고는 한 가지 해결 못하는 문제가 있었다.
휴가 차례가 와도 보낼 수가 없는 것이었다.

그 점, 소대장으로서는 매우 안쓰러웠지만 제 집까지 가는 길을 도통 모르고 있는 데야 어쩔 것인가.

주소란에도 강원도 정선군 난곡리로만 적혀 있고 면 이름조차 없었던 것이다.

최 소위는 이 일등병을 어떻게 해서든지 후방으로 휴가를 보내려고 이것저것 물어보기도 했지만 번번이 허사였다.

"야 오돌 일병아, 너 집에 가려면 어디로 해서 가는지 알겠니?"

하고 물을라치면, 그도 그대로 즉각즉각 서슴없이
대답하곤 하였다.

“부산 가서 배 타고 제주도로 가면 됩니다.
여기까지 제가 왔던 길을 고냥 고대로 거꾸로 가면 되지
않겠습니까요”라고.

하기사 그 오돌 일등병 입장에서는 맞는 말이었다.

이러니 소대장 최 소위로서야 답답할밖에.
차라리 치통을 앓고 말지, 저러는 저 일등병을
맨정신으로는 마주 쳐다볼 수가 없었다.

하지만 꼴값한다고 이 일등병은 몹시 고향을 그리워하기는 했다.
이렇게 훌륭한 군인이 된 자기 모습을 바둑이와 돼지 두어 마리와 함께 집을 지키고 있는 늙은 할머니를 비롯, 숯가마 주인 나리나 마을 사람들에게 하루빨리 보여주고 싶어 거의 안달이 나곤 하였다.

드디어 그 소망이 이뤄질 기회가 왔다.
이 일등병도 일 년 뒤에는 하사로 진급을 하였고, 마침 그 소대에 한 떼거리 보충병이 새로 배치되었는데, 그중의 한 젊은이 주소가 바로 강원도 정선군 동면의 어느 마을인 듯하였기 때문이었다.

최 소위는 혹여나 싶어 그 젊은이를 불러 혹시 난곡리를 아느냐고 물었다. 그 젊은이는 대번에 자기 살던 동네에서 조그만 산허리 하나를 돌아 골짜기 길로 두어 시간 올라가면 그런 마을 하나가 있다는 소리를 듣기는 했는데, 직접 가본 일은 없노라고 하였다.

그만 해도 일단 됐다 싶어 최 소위는 다시,
그럼 혹시 박공규라는 사람은 모르겠느냐고 물었다.
상대는 잠시 고개를 갸우뚱갸우뚱 하며,
들어본 이름 같기는 한데 잘 모르겠노라고 하였다.

최 소위는 곧장 그 오돌 하사를 불러 두 사람을 맞대면시켜서 몇 마디 나누게 해보고는 난곡리라는 곳이

오돌 하사가 숯 굽던 마을임이 확실하다는 것을 드디어 알아냈다.

몇 달 뒤 최 소위는 자신의 직권으로 두 사람을 함께 휴가를 내보냈다. 불과 얼마 전에 보충병으로 들어온 신병을 휴가 보낸다는 것은 누가 보더라도 무리였지만, 자기 소대 명물인 이 '고문관' 하사를 위해서는 부득불 한번 밀어붙일밖에 없었다.
게다가 최일선이라는 곳도 휴전회담이 시작되고 나서는 모처럼 소강상태를 유지하고 있는데다,
두 젊은이의 고향 정선군도 이 동해안 전선 현지에서는 지척 간으로 가까운 곳이기도 해서 물실호기(勿失好機),

한창 전투가 심할 때는 소대장이라는 것들도 싸그리 '최전선의 소모품'들이라는 것은 세상이 죄다 아는 일, 따라서 살아생전의 이 정도의 소대장 재량은 너끈히 통할 만하겠다고 작심한 것이었다.

그렇지만 이 일을 결행함에 있어서는 최 소위도 두 젊은이를 따로 조용히 불러 몇 번씩 거푸 다짐을 받았다.

천하 없는 일이 벌어지더라도 반드시 둘이 함께 붙어 있지 절대로 따로따로 행동하질랑 마라, 꼭 붙어서 함께 걷고 버스나 트럭을 타더라도 늘 같이 다니거라 하고.

호박이 넝쿨째로 안겨진 격인 그 신병에게도 물론
거듭 같은 다짐을 받았다.

그렇게 둘을 묶어 일주일 기한으로 후방 휴가를 내보낸 뒤
며칠 동안은 최 소위도 그 둘이 과연 무사히 잘 다녀올지
조금 불안하기도 했는데
어럽쇼, 예정 날짜보다 아예 하루 앞당겨 엿새 만에
돌아오지 않았는가.

게다가 오돌 하사는 꼴값한다고 휴가 선물이라며
최 소위에게 화랑 위스키 한 병과 오징어 한 마리까지
처억 내놓으며,

"소대장님 덕분에 휘가 잘 다녀왔습니다요."

하고 싱글벙글이었다.

소대장 최 소위도 너무 반가워 무사히 돌아온 그를 통째로 끌어안으며,

"휘가가 뭐야, 휘가가. 발음부터 똑바로 하라우. 휴가야, 휴가."

하자, 오돌 하사도 튕기듯이 즉각 받았다.

"휘가나 휴가나 그게 그거 앙입니까.

알아들었음 됐지, 무슨 놈의…….”

그제야 최 소위도 그의 두 어깨를 마주 잡고 요모조모 마주 뜯어보며 물었다.

“오돌이 하사, 아주아주 멀끔해졌구나야. 그래, 휴가는 재미있었어?”

“아문요, 재미있다뿐이겠습니까. 어엄청 호강했십니다. 우아래 동네들 체네들이 저를 보고 멋쟁이 군인이라며 이 계급장을 만져도 보고, 새앨새앨 웃으멘서리…… 한번은 버스 차장 아가씨가 버스값을 내라기에 썼던 헬멧을 손으로 탁탁 치멘서리 ‘아가씬 이것도 못 보능가’

하고 빼락 소리를 질렀덩이 꿈쩍도 못헙디다.
버스 안의 다른 손님들도 쥐죽은 듯이
조요옹해지고요……."

이런 식으로 한도 끝도 없이 너스레를 늘어놓을 것 같아 최 소위 쪽에서 다시 물었다.

"집안은 다아 무고허고?"

순간 그는 여느 때 없이 그답지 않게 얼굴이 차악 가라앉으며,

"……."

묵묵부답이었다.

비로소 최 소위도 그쪽의 가족사항이며 군에 동원되어 나올 때의 그 기구했던 사연들까지 대강 떠올리며,

“그러구, 그 숯 굽던 집의 쥔은?” 하고 물었다.

“못 만났십니다. 숯가마꺼정 몽땅 짊어지고 이사를 갔드먼요잉. 그야 물론 숯가마는 본인이 직접 짊어지고 가지는 않았겠고, 나 대신으로 들어온 새 일꾼이 짊어지고 갔겠지만 말이라우.”

“응 그래, 그랬구먼.”

하며 최 소위는 또 저도 모르게 비시시 웃으며 물었다.

"그 숯가마집 나리 아들, 박 뭣인가 하는 아이는 못 만났나?"

"아문요. 못 만났십니다. 그러구, 제가 만나잔다고 호락호락 만나줄 것입니까요. 원, 소대장님도 다 잘 아시면서……."

"왜, 모처럼 고향 갔는데 한번 찾아보지 그랬어. 가짜 박공규가 진짜 박공규를 한번 찾아보지 그랬어."

"어? 어? 원 소대장님도요. 벨 소릴 다 합니다요.

그랬다가는 진짜 멘사무소고 군청이고 온통 난리법석이 났을 틴디요.
나 같은 쫄때기가 워찌 그런 복잡헌 북새판을 감당할 수가 있겠습니까요. 원, 소대장님도 참말로, 저를 우찌 알고…….”

소대장 최 소위도 한번 능청 삼아 해본 소리지만, 당자의 이런 반응에는 새삼 웃음이 안 나올 수가 없었다.
그러고 보면, 그렇긴 했다.

이 소대뿐만 아니라 중대, 대대에서까지도 그는 진짜 이름인 김오돌로만 통했지, 정식 군적에 기재되어 있는 박공규로는 처음부터 통하고 있지 않았다.

사람 생긴거며, 하는 짓다리 하나하나며 어느 누가
보더라도 김오돌 쪽이 쏘옥 들어맞았던 것이었다.
이 엄연한 사실을 누구 하나 고발은커녕 사사롭게나마
문제 제기조차 하지 않은 이유가 대체 뭐였을까.

최 소위 자신부터가 처음부터 줄곧 김오돌이라는
이름에만 합당하게 대해왔지, 박공규라는 이름에
합당하게는 대하질 않았던 것이다.

도대체 그건 원천적으로 어불성(語不成)이었다.
몇천 년 동안 살아오는 사람살이 속에서,
이런 것이 대체 무어라는 것일까?

최 소위는 오돌 하사를 제 막사에서 내보내고 나서도 한참 동안 혼자서 머리를 갸웃갸웃하며 곰곰 생각해보았으나, 종당에는 뭐가 뭔지 애매해지며 알듯 말듯, 그러나 끝내는 몰라지던 것이었다.

1952년 바로 추석 전날이었다.

남북 피아간에 서로 약속이라도 한 듯이 모든 전선에 걸쳐 총성이 뚝 그친 속에(추석날 같은 명절 때는 서로 이심전심으로 피아군이 더러 이렇게 지내곤 했었다) 적 진지 쪽에서 인민군 복장의 한 군인이 멀리서도 꽤 무겁게 보이는 큰 배낭 하나를 짊어지고 보무도 당당하게 백기 하나를 좌우로 높이 흔들면서 아군 진지 쪽으로 휘뚱휘뚱 걸어오고 있었다.

아군 측도 그 광경을 접하는 즉시, 숨을 죽인 채
예의(銳意) 감시만 하였는데, 드디어 아군 진지에 당도한
그자를 보니 놀랍게도 꼭 여섯 달 전에
그렇게 모처럼 휴가 갔다 오고 나서 창졸간에 벌어졌던
며칠간의 격전 시에 행방불명되어
그대로 '전사자'로 처리되었던 바로 그 박공규 하사,
김오돌이 아닌가.

그리고 그렇게 그가 짊어지고 온 인민군 배낭에는 바로
추석 전날이라 떡이랑 부침개랑 그밖에도 사과, 배, 감,
대추에 돼지고기, 닭다리, 쇠고기 등 각종 추석 음식이
그들먹하게 들어 있었다.

한데 장본인 김오돌 하사는 여전히 싱글벙글하며
딴은 조금 우쭐해하기까지 하였지만, 곧장 관계기관(당시
저 무시무시했던 김창룡의 516 특무대)에
인계되어 열흘 가까이나 호된 조사를 받고서야 풀려나와
다시 원대로 돌아왔다.

김오돌 하사는 그곳에서 얼마나 혼쭐이 났던지,
그뒤 얼마 동안은 매사에 어릿어릿 얼이 반은 빠져 있어
평소 때의 그 노상 당당하고 싱그럽던 그다운 맛은
사그리 없어지고 진짜배기 '고문관'이 되어 있었다.

그런데 그 김오돌 하사의 수사에 간여했던 자들에게서 그뒤에 흘러나온 소리인즉, 그냥 우스갯소리로만 흘려 넘기기에는 듣는 쪽에서 꽤나 숙연해지는 소리도 없지는 않더라는 것이다.

왈, 그렇게 북으로 포로로 잡혀갔지만, 그쪽에서도 저들 편으로 세뇌시켜 나름대로 활용해보려고 갖은 애를 다 쓰다가,
종당에는 이 병신은 국방군 쪽이든 인민군 쪽이든 어느 편으로도 아무 쓸모가 없다는 판단을 내리기에 이르렀고, 그렇다고 당장 즉결처분으로 죽이기에도 총알이 아까워 결국은 그냥 맞은편 국방군 측으로 도로 돌려보내되,

그동안 재우고 먹여주며 나름대로 공을 들였던
수고비라도 건지자고, 저렇게 저들 체제 선전 겸 해서
추석 음식 꾸러미를 그들먹하게 지워서
남쪽으로 도로 내려보냈을 것이라는
결론을 내렸다.

아닌 게 아니라 그렇게 김오돌 하사가 짊어지고 온
그 인민군 배낭 한 귀퉁이에는 그쪽 부대장이
이쪽 부대장 앞으로 보낸 짤막한 서신 하나도
들어 있었는데,
거기에는 다음과 같이 적혀 있더라는 것이다.

남쪽 부대장 귀하

이 사람을 그냥 이렇게 돌려보내는 이쪽 부대장의
마음을 깊이 헤아리시기를 바랍니다. 지금 남북을 통틀어
제정신 가진 제대로 생긴 조선 사람은, 아마도 필경은
김오돌이라는 이 사람 하나뿐이 아닐는지요.
이 점, 호상 간에 깊이깊이 생각들을 해보십시다요.
어쩌다가 이 나라 이 산천이 이 지경까지 오게 되었는지요.

이 김오돌이라는 사람을 대해보면 대해볼수록
그 점이 더더욱 절감됩니다요.

부디 추석 잘 보내시기 바랍니다…….

물론 이 문건도 김오돌 하사가 연행될 때 관계기관에서
신주단지 모셔가듯이 접수해 갔지만,
그런 쪽은 물론 우리 김오돌 하사로서는 애당초부터
관심 밖이었고, 그 속에 그런 서신 하나가 들어 있는 것조차
본인은 도통 모르고 있었다.

그나저나 어떤가.
남북이 분단된 후 남북 간에 평화로운 모습으로
경계를 넘나든 그 첫 사람이 바로
이 김오돌 하사가 아니었을까……!!!

화랑
國軍用
20